KB181870

한국 희곡 명작선 14

아비, 규환

한국 희곡 명작선 14

아비, 규환

안희철

평민사

안
히
철

아비, 규환

제34회 대구연극제 대상
제2회 대한민국연극제 금상

등장인물

아비	규환
엄마	해연, 규환의 아내
딸	수정, 규환의 딸
아들	준수, 해연의 아들
삼촌	우환, 규환의 동생
여친	스무 살, 삼촌의 여자친구, 준수의 여자친구, 남친의 딸
남친	수정의 남자친구, 마흔여덟 살, 여친의 아빠
경비	아파트 경비원 (삼촌이 멀티 가능)
아랫집	아파트 아래층에 사는 여자 (여친이 멀티 가능)
옆집남	아파트 옆집에 사는 남자 (남친이 멀티 가능)

무대

겨울, 대도시의 아파트 단지.
그 중의 한 동향의 33평형 아파트.
무대 가운데는 아파트 거실.
거실 뒤쪽은 확장이 된 베란다.
베란다 밖으로 보이는 밀집된 아파트 풍경.
그 아파트들은 모두 남향이라 아파트 이름과 동이 적힌 옆면이
보인다.
아파트와 아파트 사이의 틈으로 아주 조금 보이는 숲.

그 숲에서 해가 뜨지만 이내 사라진다.
해는 온종일 우측으로 비켜나서 비친다.
베란다 밖 창가를 볼 수 있도록 자리하고 있는 소파.
소파 앞에는 좌식 테이블이 놓여 있다.
그곳이 가족들이 주로 대화를 나누는 곳이다.
좌측 앞쪽에 현관 중문이 있고 보이지 않는 곳에 현관문이 있다.
그 옆쪽으로 딸의 방이 있고 반대편에 안방, 그 옆으로 주방이 있다.
현관 반대편 거실 벽에는 규환의 등산 사진 액자가 걸려 있다.
산 정상에서 포효하고 있는 규환의 모습이 생동감 넘친다.
규환의 사진 아래에 크기가 그보다 작은 가족사진이 걸려 있다.
아비, 엄마, 딸, 아들, 삼촌까지 모두 함께 밝게 웃는 모습이다.

1. 아

비발디의 사계 봄 1악장 흐른다.

무대 어두운 상태에서 보이는 규환의 사진.

그리고 이어서 보이는 가족사진.

사진을 비추던 조명이 사라지면서 베란다 밖 아파트들 사이로 해가 떠오른다.

베란다를 향하고 있는 소파에 누워있는 규환의 맨발이 보인다.

엄마가 안방에서 나와 소파를 보더니 무심히 주방으로 향한다.

아침 식사 준비를 하는 소리가 들린다.

딸이 방에서 기지개를 켜며 나와 소파를 보더니 무심히 현관문 밖으로 나간다.

신문과 우유를 가지고 들어온 딸은 좌식 테이블 앞에 앉는다.

딸은 리모컨으로 음악을 끈다.

딸 (우유를 마시며) 이건 왜 매일 내가 가져와야 돼? 난 보지도 않는데.

엄마 (소리만) 난 혼자 다 먹어서 아침 해? 다 같이 하는 거지.

딸 그래도 보는 사람이 가져와야 되는 거 아냐?

엄마 (소리만) 그럼 아빠 보고 얘기해.

딸 (보지도 않은 채) 아직 주무시는 것 같은데.

엄마 (나오며) 허구한 날 저게 뭐냐? 들어가서 자던지 하지.

거실을 혼자 다 쓴다니까.

딸   그래서 엄마 혼자 안방 쓰니까 좋다며?

엄마   그건 그래. 아주 운동장이다. 넓어.

딸   텅 빈 운동장? 외롭겠네. 우리 엄마 독수공방이 너무 오래됐나? 유혹해 봐.

엄마   미쳤어? 그럼 안 돼.

딸   왜?

엄마   가족끼리 그러는 거 아니다. 그것도 몰라?

딸   오!

엄마   근데 이 녀석은 오늘도 안 들어온 거야?

딸   누구?

엄마   우리가 가족이 많냐? 네 동생 준수 말하는 거지. 누구긴 누구?

딸   난 또 삼촌 얘기하는 줄 알았지.

엄마   삼촌한테 이 녀석이라고 말하겠어?

딸   하잖아. 아빠 안 좋은 것만 쏙 닮은 녀석이라며? 집에 있으면 우환만 생긴다고 이름 가지고 놀려놓고는.

엄마   야! 쉿! 삼촌 듣겠다.

딸   안 왔어.

엄마   뭐? 또?

딸   둘 다 없어.

엄마   우리 집에 여자들밖에 없는 거야? 무슨 일 생기면 여자 둘이 어쩌냐?

딸   우리 둘이라도 힘을 합치면 되지.

엄마	우리 둘이 힘 합치면 남자 하나쯤은 이길 수 있겠지. 너 어릴 때 태권도 했잖아.
딸	엄마! 초등학교 4학년 때 4개월 한 실력으로 뭘 해? 5개월이라도 했으면 몰라.
엄마	그것밖에 안 했나? 네가 가기 싫다고 했어? 돈이 없던 것도 아닌데 왜 그랬지?
딸	우리 엄마 벌써 치매가 왔나? 이사한다고 태권도 도장 관뒀잖아. 한 달만 더 했으면 띠 색깔이 바뀌었는데.
엄마	그래 여자가 그 험한 거 하면 뭐해?
딸	언제는 남자로부터 자신을 지키려면 반드시 해야 된다고 그렇게 얘기하시더니.
엄마	아니면 보호해 줄 남자를 만나든지.
딸	근데 아빠는 아직까지 뭐한대?
엄마	봐봐. 집에 남자가 있으면 뭐해? 없는 거나 마찬가지지. 매일 잠이나 자고.
딸	아빠 출근 안 해?
엄마	휴가라잖아. 좀 주무시게 둬.
딸	아까는 잠잔다고 뭐라 하더니.
엄마	그래도 우리 집 가장인데. 얼마나 고생이 많겠냐.
딸	오! 진심이야?
엄마	원래 다 이렇게 말해야 멋진 아내가 되는 거야. 안 그래요? 이규환 씨! 너도 시집가면 써먹어.
딸	안 가!
엄마	안 가?

딸	안 가!
엄마	진짜 안 가? 왜?
딸	싫으니까.
엄마	그래도 가야지. 어떻게 좋은 것만 하고 살아?
딸	아무리 그래도 안 가.
엄마	진짜 출근 안 할 거야?
딸	뭐? 출근?
엄마	그럼 뭐?
딸	결혼 아니고?
엄마	네가 좋은 놈 만나면 하겠지. 하지 말라고 해도 하겠지.
딸	엄마가 뭐 이래? 다른 엄마들은 결혼하라고 난리라던데.
엄마	네 나이가 몇이라고 그러겠어? 아직 멀었는데.
딸	엄마! 나 서른 넘었어.
엄마	너 벌써 그렇게 됐냐?
딸	엄마는 딸 나이도 몰라?
엄마	내 나이도 잊고 사는데 네 나이까지 어떻게 알아? 안다고 나이가 달라지길 하니?
딸	엄마는 정말 나한테 무심해.
엄마	넌 내 나이 아냐?
딸	지나친 관심보다는 오히려 무심한 게 좋은 거 같아.
엄마	보지도 않는 신문은 왜 그렇게 항상 펴놓고 있어?
딸	아빠가 안 보니까.
엄마	남들 보면 사회문제에 관심 많은 줄 알겠다.

딸	답도 없는 매일 똑같은 문제에 관심은 무슨!
엄마	신문에 답이 없어?
딸	없어. 매일 문제라고 하면서 어떻게 될 거냐며 매일 문제만 내놔. 답은 없어.
엄마	그런데 사람들은 신문을 왜 본대? 그냥 너 같은 거야?
딸	나 같은 게 뭔데?
엄마	너 학교 다닐 때 생각 안 나? 문제는 안 풀면서 문제집은 계속 샀잖아.
딸	원래 다들 그래.
엄마	그러니까. 참 다들 답이 없는 거로 보이더라.
딸	그래. 참 문제가 많지.
엄마	문제집을 그렇게 많이 샀으니 문제야 많지.
딸	개그 그만하시고 커피나 한잔해요. (주방으로 간다)
엄마	난…
딸	아메리카노. 물 타서.
엄마	그래. 내 입맛엔 그게 딱이다. (규환을 보며) 당신은? (사이) 알았어요. 술을 그렇게 들이부었는데 들어갈 리가 없지. 속이 그 모양인데. 그래도 내 속만큼이야 할까? 내 속이 아메리카노처럼 시커멓다니까. 그래도 물을 타니까 옅어지고 좀 봐줄만한 색이 되고 먹을 만한 맛이 되더라고요. 깜깜하던 게 보이는 거지. 그래도 이렇게라도 사는 게 얼마나 행복한가 하며 살아야지요. 텔레비전 켜 봐. 죄다 불쌍한 사람들 천지라니까. 우리가 얼마나 행복한 건데.

딸	(커피 두 잔을 들고 오며) 또 뭐라고 혼자 그렇게 떠들어 대요?
엄마	(커피를 받으며) 아버지 듣고 있잖아.
딸	(규환을 보고는) 함흥차사세요.
엄마	옛날부터 한번 잠이 들면 옆에서 굿을 해도 몰랐지. (신문을 치우려 한다)
딸	왜?
엄마	아버지 보셔야 되는데 커피 묻으면 어떡하냐?
딸	커피 안 묻히려고 깔아놓은 거야.
엄마	보고 있던 거 아냐?
딸	테이블 닦기 힘드니까 깔아놓은 거지. 신문지 까는 게 최고야.
엄마	오늘 신문이야.
딸	내일 되면 어제 신문 돼. 괜찮아. 어차피 문제밖에 없는데.
엄마	학교 때나 어떻게 똑같냐?
딸	사람이 한결같아야지. 갑자기 변하면 죽어. 내가 죽었으면 좋겠어?
엄마	엄마한테 못하는 소리가 없네. 근데 넌 우유 마시고 커피는 왜 마셔?
딸	라떼 먹고 싶어서.
엄마	그럼 라떼를 만들어 먹어.
딸	우유 먹고 먹으면 안에서 라떼 돼.
엄마	도대체 이런 걸 누가 낳았을까?

딸 우리 엄마가 라떼!

엄마 미친년! 너희 엄마는 이런 너를 낳고도 미역국을 드셨다.

딸 근데 미역국은 왜 먹는 거야? 정말 영양분이 많아서 먹나?

엄마 다들 먹으니까 먹지.

딸 그럼 미역국 마셨다는 건 안 좋은 건데. 애 낳는 게 안 좋은 거야?

엄마 그게 그거랑 같아?

딸 괜히 궁금하잖아.

엄마 나도 궁금하다. 너 출근 안 해?

딸 아! 맞다. 그걸 왜 이제 얘기해? (정신없이 서두르며 자기 방으로 들어간다)

엄마 미친년! 잘한다. 자기가 뭘 해야 되는지도 몰라. 그러니까 어디 남자라도 만나겠어? 남자친구가 있어도 까먹고 지내겠다. 지가 남자친구가 있는지 없는지, 같이 잠은 잤는지 안 잤는지 기억도 안 나지? 남자는 만나기라도 해? 지금 애 낳아도 노산이야. 네 새끼는 뭔 잘못을 했다고 젊은 엄마 두고 늙은 엄마한테서 태어나서 고생을 해야 되냐고! 안 그래?

딸 (소리만) 오늘 외할머니한테 가야 된다고 안 그랬어?

엄마 아! 맞다. 그걸 왜 이제 얘기해? (정신없이 서두르며 안방으로 들어간다)

딸 (나오며) 나한테 뭐라고 할 상황이 아니에요. 난 준비 끝!

갑니다.

엄마 (나오며) 나도 준비 끝! 가자.

딸 뭐야? 벌써 끝? 그래도 여잔데 뭐 준비 안 해?

엄마 뭘?

딸 밖에 나가잖아.

엄마 남자 만나러 가는 거 아니잖아. 엄마 만나러 가는 거야.

딸 그래도 최소한의 예의는 지켜야지.

엄마 넌 내 앞에서 지켰어?

딸 이것도 유전인가 보네.

엄마 유전이 말이 되냐? 말도 안 되는 소리지.

딸 그래, 그건 말도 안 되는 소리야. 어쨌든 늦었으니 빨리
가시죠.

엄마 그래.

두 사람, 황급히 나간다.

비발디 사계 봄 2악장이 흐른다.

규환이 소파에서 일어나 앉는다.

규환이 창밖을 바라보는 뒷모습만 보인다.

음악 소리 더 커진다.

암전.

2. 비

쇼팽 전주곡 15번 빗방울이 흐른다.

베란다 밖으로 비가 내리는 게 보인다.

베란다를 향하고 있는 소파에 누워있는 규환의 맨발이 보인다.

엄마가 안방에서 나와 소파를 보더니 무심히 주방으로 간다.

아침 식사 준비를 하는 소리가 들린다.

딸이 방에서 기지개를 켜며 나와 소파를 보더니 무심히 현관 문 밖으로 나간다.

신문과 우유를 가지고 들어온 딸은 좌식 테이블 앞에 앉는다.

딸은 리모컨으로 음악을 끈다.

딸   (우유를 마시며) 이건 왜 매일 내가 가져와야 돼? 난 보지도 않는데.

엄마   (소리만) 난 혼자 다 먹어서 아침 해? 다 같이 하는 거지.

딸   그래도 보는 사람이 가져와야 되는 거 아냐?

엄마   (소리만) 그럼 아빠 보고 얘기해.

딸   (보지도 않은 채) 아직 주무시는 것 같은데.

엄마   (나오며) 허구한 날 저게 뭐냐? 들어가서 자든지 하지. 거실을 혼자 다 쓴다니까.

딸   그래서 엄마 혼자 안방 쓰니까 좋다며?

엄마   그건 그래. 아주 운동장이다. 넓어.

딸	텅 빈 운동장 아냐? 외롭겠네. 우리 엄마 독수공방 너무 오래됐나? 유혹해 봐.
엄마	미쳤어? 그럼 안 돼.
딸	가족끼리 그러는 거 아니라고?
엄마	그래. 근데 이 녀석은 오늘도 안 들어온 거야?
딸	누구? 준수?
엄마	그래.
딸	난 또 삼촌 얘기하는 줄 알았지.
엄마	삼촌도! 집에 우환이 있나 없나?
딸	오늘은 쎈데!
엄마	괜찮아. 들어오지도 않았으니까 오늘 우리 집에 우환 없다.
딸	있어. 왔어.
엄마	뭐? 진짜? 언제?
딸	새벽에 술이 떡이 돼서 들어 왔어.
엄마	이 형제들이 아주 그냥 하나는 거실에서 하나는 방에서 떡이 돼 있네. 도대체 이 형제들을 어디에 쓰겠냐?
딸	떡이 돼 있으니까 누구 제사 때 쓰면 되지.
엄마	야!
딸	제사 때 떡 안 써?
엄마	저런 남자 술떡을 어디에 쓰냐?
딸	여자 술떡도 있어.
엄마	뭐?
딸	여자 하나 데리고 왔던데. 둘 다 술떡이 됐더라고.

엄마	오랜만에 기어들어 오면서 여자를 데리고 왔다?
딸	기어들어 오는 건 어떻게 알았어? 엄마 봤어?
엄마	술에 떡이 됐는데 기어왔겠지.
딸	그래도 들어온 게 어디야?
엄마	나이 많은 아줌마 데리고 왔다? 나보다도 나이 많아 보였지? 아님, 누구를 만나겠어? 능력이 있어? 뭐가 있어?
딸	더 어려 보이던데.
엄마	그래? 나보다 더 어린 여자를 만났다는 거야?
딸	아니. 나보다 더 어려 보이더라고.
엄마	뭐? 너보다 어려? 한참?
딸	원조교제 아닌가 몰라.
엄마	미쳤어, 미쳤어. 이 형제들이 이제 진짜 막 가는구나. 정말 갈 데까지 가는구나. (규환을 보며) 좀 일어나 봐요. 삼촌이 드디어 미쳤나 보네. 수정이도 있는데 여자를 데리고 왔대. 그것도 여고생을.
딸	여고생이라고는 안 했어.
엄마	원조교제라며?
딸	아닌가 몰라 그랬지. 여고생만 원조하는 줄 알아?
엄마	그럼?
딸	대학생도 있고 직장인도 있고 취준생도 있고.
엄마	그래. 다들 힘든 세상이니까. 우리나라도 예전에 원조를 많이 받았잖아. 원조가 원래 나쁜 건 아니지. 도와줄 수 있으면 원조를 해주면 좋긴 좋겠다만…

딸　맞지? 그래서 주변에 보니까 원조하다가 서로 마음도 맞고 상황도 그렇고 해서 결혼까지 하는 잘 된 케이스도 있어.

엄마　그런 말도 안 되는 경우가 어디 있어?

딸　있다니까. 진짜야!

엄마　누구? 도대체 누가? 어디 인터넷에서 본 거 얘기하는 거지? 주변에 그런 경우가 있다는 게 말이나 돼?

딸　그러니까 말도 안 되지. 근데 그 새끼는 그랬다니까.

엄마　그 새끼? 뭐야! 옛날에 그 새끼? 너 차고 어린 애랑 결혼했다는 그 새끼?

딸　아니거든. 내가 찼거든.

엄마　엄마한테까지 거짓말할 필요 없어.

딸　내가 결혼할 때까지는 안 잔다고 하니까. 원조를 하더니. 결혼까지 하더라고.

엄마　세상에 아주 미친 새끼가 많네. 잘 했어. 잘 차였어.

딸　그래도 그런 새끼한테 차이니까 너무 억울하더라고.

엄마　그래도 지난 걸 어떡해? 이미 차이고 끝났는데. 그렇다고 다시 만난 다음에 먼저 차면서 복수할 수도 없고.

딸　안 돼?

엄마　뭐?

딸　그럼 안 되냐고?

엄마　미쳤어?

딸　복수잖아.

엄마　그렇게 복수할 거면 세상에 살인사건이 얼마나 많겠냐?

딸	실제로 많이 일어난대. 드러나지 않아서 그렇지. 엄청 많다니까.
엄마	무슨 헛소리야?
딸	우리나라에서 실종된 사람들 거의 다 야산에 묻혀있대.
엄마	그게 말이 되는 소리야? 여보, 안 그래요?
딸	맞다니까.
엄마	어떻게 다 야산에 있겠어? 강이나 저수지에도 있겠지.
딸	하긴 맞다. 물탱크나 정화조에도 있고.
엄마	이런 무서운 얘긴 그만해. 이런 얘기 말고도 얘기는 많은데 하필이면 식전부터 이런 얘기야?
딸	그러면 다른 얘기 할까? 내 얘기?
엄마	네 얘기는 됐고 삼촌 얘기나 마저 해 봐.
딸	뭐?
엄마	뭐 들은 거 없어?
딸	언제? 새벽에?
엄마	그래. 뭐라고 말 안 해?
딸	그게 그냥… (생각에 잠긴다)
엄마	뭐래?
딸	우웩! 그러던데.
엄마	야!

삼촌이 방에서 술이 덜 깬 상태에서 나온다.
엄마와 눈이 마주치는 삼촌.

엄마   할 말 없어요?

삼촌   우웩! (화장실로 들어간다)

딸   봐! 내 말이 맞지?

엄마   야!

여친이 방에서 잠이 덜 깬 상태에서 나온다.

엄마와 눈이 마주치는 여친.

엄마   저기요.

여친   어머니랑 같이 사는지 몰랐어요. 안녕하세요? 어머님.

엄마   예?

여친   어머님, 많이 놀라셨죠? 죄송합니다. 초면에 이런 모습 보여드려서요.

딸   예절은 바르네.

여친   우리 오빠 동생인가 봐요?

딸   예?

여친   몇 살이세요? 저랑 비슷해 보이는데.

딸   예?

여친   전 스무 살이에요. 근데 빠른이라서 스물한 살이나 마찬가지예요. 친구들은 다 스물하나예요.

딸   아니 그러면 나랑 나이 차이가…

여친   얼마 안 나죠? 그럴 줄 알았어요. 그래도 언니는 맞죠? 그죠?

딸   (기분이 좋아져서) 나이에 비해 그렇게 보인다는 소리는 많이 듣긴 하죠.

여친   그래도 언니잖아요. 언니면 편하게 해야 되는데…

딸   맞지. 언니지.

여친   내가 언닌데 말 놓으면 안 되지요.

딸   뭐? 누가 봐도 내가 나이가 많지. 내 나이가 얼만데.

여친   그래도 우리 오빠가 위니까 내가 언니 맞잖아요. 어머님, 안 그래요?

엄마   어머님 아니라니까요.

삼촌   (화장실에서 나와서 보더니) 형수님이셔.

여친   어머님, 죄송합니다. 아니, 형님! (딸을 가리키며) 그럼 여긴?

삼촌   조카.

여친   앞으로 친하게 지내자. 조카.

딸   조카? 조카?

삼촌   야! 욕 아니지?

딸   이게 지금 말이 돼요? 이제 스무 살짜리를 만나면 나보다 열 살 이상 어려요.

여친   조카. 그렇게는 안 보여요.

삼촌   자세히 보면 눈가나 이런 데는 나잇값 해.

딸   삼촌!

삼촌   그러니까 조금이라도 젊을 때 빨리 결혼해야 돼.

여친   그러다가 이 사람이 아니다 싶으면 어떡해요?

삼촌   헤어지면 되지.

여친   안 놓아주면요?

삼촌	내가 놓으면 상대도 놓게 돼 있어.
여친	그래도 안 놓으면요? 그때는 어떡해요?
삼촌	난 안 그래. 그래서 지금까지 아주 자유롭게 잘 지내왔다니까.
여친	그래서 오빠가 좋아요. (소파에 보이는 발을 보고) 저분은 누구세요?
삼촌	형님.
여친	술 많이 드셨나 보네요.
삼촌	우리 형제가 술로는 절대 안 뒤지지. 그냥 아주 끝장을 보는 스타일이야.
엄마	아주 피는 못 속인다고 잘 하세요. 이렇게 난리 통인데 좀 일어나 봐요.
삼촌	냅두세요. 잘 때 건드리는 거 제일 싫어하시잖아요.
엄마	도대체 그건 언제부터 그런 거예요?
삼촌	(머리를 위로 쓸어 올려 사람들에게 이마를 보여주며) 여기 찍힌 흉터 보여요? 잘 봐봐요. 자, 보이죠?
여친	오빠, 이거 왜 이래?
삼촌	옛날에 내가 형님 깨우다가 맞은 거잖아. 그때 생긴 흉터.
여친	이거 세 개 다? 언제?
삼촌	요건 국민학교, 요건 중학교, 요건 고등학교.
딸	맞을 만했네. 맞을 거 알면서 왜 그랬대요, 계속?
삼촌	내 성장드라마지. 삼세번 당하고 나서는 절대 안 건드려. 내가 진짜 얘기하는데 집에 불이 나도 난 형 안 깨

운다. 진짜로!

여친   그래도 그건 너무했다. 근데 이건 뭐로 찍힌 거예요?

삼촌   포크, 호치켓, 재떨이. 그 중에서 재떨이가 제일 아팠지. 그래서 포크 안 쓰고 젓가락 쓰잖아. 양식 먹을 때도. 그리고 내가 담배를 안 피우잖아. 절대로.

여친   그건 진짜 잘 했어요.

엄마   그러면 뭐해요? 대신에 매일 바람을 피우잖아요.

삼촌   누군가 확실한 사람을 두고 또 다른 누군가를 만나면 그건 바람이지. 난 근데 그게 아냐.

여친   맞아요. 바람은 그거죠. 지금 진심으로 사람을 만나고, 다시 또 진심으로 누군가를 만나고. 그건 바람이 아니고 사랑이잖아요.

삼촌   누구나 하고 싶어 하고 누구나 꿈꾸는 사랑이지. 사람은 자신이 원하는 그 사랑 때문에 사는 거니까.

여친   오빠는 정말 말을 잘해요.

딸   그러면 뭐해요? 그 나이에 아직 결혼도 못했지. 자기 집도 없이 얹혀살지.

삼촌   결혼 얘기는 네가 할 건 아닌 것 같다. 너랑 나랑 삼촌 조카지만 나이 차는 얼마 안 나잖아.

딸   열 살 넘거든요.

삼촌   (여친을 보며) 우린 스무 살이 넘게 차이 나.

여친   나이는 상관없어요.

삼촌   맞지?

여친   근데 경제력은 좀 문제가 돼요. 진짜 얹혀살아요?

삼촌   내 방은 내 거야. 이 아파트 살 때 내 지분이 들어가 있어. 준수가 내 방에 얹혀사니까 내가 월세를 받아야 되는 거지.

엄마   준수 때문에 밥이고 빨래고 해드리잖아요.

삼촌   말이 그렇다는 거죠. 가족인데 누가 그런 거 따지나요?

딸   삼촌이!

엄마   (딸을 보며) 근데 넌 출근 안 해?

딸   아, 맞다. 그걸 왜 이제 얘기해? (바쁘게 자기 방으로 가려는데)

삼촌   오늘 토요일인데.

엄마   맞네. 그러네.

삼촌   그러니까 형님도 저렇게 주무시지. 나도 잠이나 더 자야겠습니다.

여친   오빠, 나도.

삼촌   그럼 들어갈까?

엄마   아침은요?

여친   전 원래 안 먹는데요.

삼촌   지금은 잠이 더 필요할 때입니다.

삼촌은 여친과 함께 방으로 들어간다.
엄마와 딸은 그 모습을 보면서 함께 고개를 절레절레 흔든다.
엄마가 리모컨으로 음악을 켠다.
비발디 사계 봄 3악장이 흐른다.

엄마	아침은?
딸	요즘 우리가 아침 먹은 적 있어?
엄마	커피나 한잔하자. 아메리카노.
딸	물 타서.
엄마	세상이 어떻게 돌아가려고 이러나 모르겠다. 그래도 너희 아빠는 저 정도는 아니었다. 얼마나 양반이었는데.
딸	진짜? 아빠… 그랬어?
엄마	지금도 봐봐. 자는 척하면서 다 듣고 있어. 그러면서도 모른 척하는 거야. 지금 일어나봤자. 싸움밖에 더 나겠어?
딸	그건 그렇지. 삼촌 이마에 흉터 큰 거 하나 더 생기겠지. 아빠, 잘 했어. (규환의 발을 보더니) 발톱 많이 기네. 깎을 때 지났네.
엄마	발에 때 봐. 얼마나 힘들었으면 발도 안 씻고 휴일이라고 바로 뻗으셨네.
딸	아빠 우리 몰래 맨발로 새벽에 어디 다니시나?
엄마	어딜?
딸	가정을 지키기 위해 남의 집 담을 넘는 맨발의 도둑?
엄마	아빠들이야 다 그런 거지. 맞지.
딸	뭐? 진짜 맨발의 도둑이라고?
엄마	맨발로 안간힘을 쓰면서 남이 가져갈 걸 내가 조금이라도 더 가져오려고 싸우는 게 이 세상 아빠들이지.
딸	우리 아빠도 많이 싸웠겠네.
엄마	왜 아니겠니.

딸　고생하셨는데 발톱 내가 깎아줄까?

엄마　효녀 나셨네.

딸　어릴 때 나 자주 하지 않았어?

엄마　난 기억에 없는 것 같은데.

딸　뭐, 말 나온 김에 하면 되지. 아빠, 내가 발톱 깎아줄게.

엄마　근데 발도 안 씻었는데 할 수 있겠어? 발부터 씻어야겠다.

딸　아빠, 발 씻고 와봐. 내가 발톱 깎아줄 테니까. 두 개 다 요구하는 건 반칙이야.

엄마　당신은 좋겠수. 다 큰 딸년이 발톱을 다 깎아준다네.

딸　아빠는 이러면 꼭 모른 척하더라.

엄마　잠이 안 깼지. 발 씻기는 건 내가 할 테니까, 발톱 깎는 건 네가 해. 됐지?

딸　반반씩! 좋은데.

엄마　그래, 언제 이렇게 해 보겠냐? 늦었어도 언젠가는 너도 시집갈 거고. 나랑 아빠는 그냥 이렇게 둘이서 살다가 가겠지.

딸　가긴 어딜 가?

엄마　그럼 안 가겠냐? 사람인데.

딸　됐어. 그런 말은 그만해. 난 발톱 깎기 찾아와야겠다. 어디 있지?

엄마　서랍장 맨 아래 찾아봐. 맨 위 건 손톱 깎기야. 다른 거 알지?

딸　알았어. (안방으로 들어간다)

엄마   그래, 난 세숫대야에 물 받아와야겠다. 따뜻해야지 때가 지겠네. (화장실로 들어간다)

베토벤 현악 4중주 14번 흐른다.
규환이 드디어 일어나 자리에 앉는다.
자리에서 일어나 창밖을 보는 규환.
규환은 가족들이 들어가 있는 방과 화장실 앞을 돌아가며 쳐다본다.
그리고 거실에 있는 가족사진과 자신의 독사진을 물끄러미 본다.

엄마   (소리만) 삼촌이 여기다 빨래를 갖다 났네. 어제 뭘 먹었는지 다 알겠다.

딸   (소리만) 엄마, 여기 내 앨범 있네.

엄마   (소리만) 이런 건 직접 좀 빨고 하지.

딸   (소리만) 이렇게 앨범으로 사진 보니까 되게 신기하다.

엄마   (소리만) 꼭 내가 다 하게 만든다니까.

딸   (소리만) 나 어릴 때 엄청 예뻤네.

엄마   (소리만) 이러니까 내가 예뻐할 수가 없어.

딸   (소리만) 근데 지금은 왜 안 예뻐진 걸까?

엄마   (소리만) 어쩌겠어. 생긴 대로 살아야지.

딸   (소리만) 고치면 좀 괜찮지 않겠어?

엄마   (소리만) 나이 먹고 이제 와서 고쳐지길 하겠어? 포기해야지.

딸   (소리만) 그래도 이런 것도 다 괜찮다는 사람도 있겠지?

엄마   (소리만) 그래, 어쩌겠냐. 받아들일 건 받아들여야지.

딸   (소리만) 진짜야. 괜찮다더라고. 그래서 나도 괜찮다고 했지.

엄마   (소리만) 그럼 됐지, 뭐.

딸   (소리만) 고마워.

규환, 다시 창 앞으로 가서 창밖을 본다.

베토벤 현악 4중주 14번 더욱 커진다.

암전.

3. 규

거실에서 출근 준비 중인 규환.

규환이 손을 내밀자 엄마가 넥타이를 건네준다.

넥타이 색깔이 마음에 들지 않는 듯 규환이 고개를 흔든다.

엄마는 이미 예상한 듯 준비한 다른 넥타이를 내민다.

규환은 그 넥타이도 마음에 들지 않는 듯 갸웃거리다가 그냥 맨다. 그리고 다시 손을 내미는 규환.

엄마가 오케스트라 지휘자의 지휘봉을 규환에게 건넨다.

규환이 지휘봉을 들고 창밖을 보며 눈을 지그시 감는다.

엄마가 음악을 튼다.

비발디 사계 여름 1악장이 흐른다.

미소 짓는 규환, 자기 멋에 빠져 테이블 위에 올라가 지휘를 시작한다.

테이블 앞에 앉아 가만히 그 모습을 지켜보는 엄마.

딸이 방에서 나오다가 그 모습을 보고 들어가려는데 규환이 나오라고 손짓한다.

어쩔 수 없이 거실로 나와 테이블 앞에 앉아 그 모습을 지켜보는 딸.

어느새 엄마와 딸은 규환의 지휘에 따라 격정적으로 움직이고 있다.

규환의 동작은 더욱 격동적이다.

한바탕 지휘가 끝난 후 지휘봉을 내려놓고는 출근 준비를 한다.

엄마와 딸은 자리에서 일어나 규환에게 인사한다.

규환은 현관문을 열고 나간다.

엄마는 음악을 켠다.

바흐 G 선상의 아리아가 흐른다.

커피를 준비해 테이블 앞에 마주 앉는 엄마와 딸.

엄마와 딸은 커피잔을 들고 눈이 마주치자 크게 웃는다.

음악 소리 커지다가 사라진다.

딸　　엄마는 아빠 저러는 거 언제 알았어? 처음부터 알았어?

엄마　　몰랐지.

딸　　하긴 그걸 알았으면 결혼을 했겠어?

엄마　　좀 특이하지? 매일 누워서 자다가 갑자기 또 저러는 거
　　　　보면.

딸　　많이 특이하지.

엄마　　술 마신 날이면 꼭 저런다.

딸　　어릴 때 무슨 한 맺힌 거라도 있었나?

엄마　　네 할아버지가 아버지를 아주 잡았나 보더라.

딸　　잡아? 그렇게 부드러운 할아버지가?

엄마　　네 아버지한테는 엄청 엄격하셨다고 하더라니까.

딸　　돌아가신 우리 할아버지가 그런 카리스마가 있으셨대?
　　　　전혀 몰랐는데.

엄마　　네 아버지도 할아버지 영향을 많이 받았나 봐.

딸　　어떤 거? 아, 이런 거? 조용하다가 갑자기 쾅쾅!

현관문을 두드리는 쾅쾅 소리.
그리고 뒤이어 들리는 초인종 소리.

엄마 이 시간에 누구야?

딸 (인터폰을 확인하며) 경비아저씨 같은데. (문 쪽으로 가며) 예. (엄마에게) 또 옆집이야.

딸과 함께 난감한 표정의 경비가 들어온다.
뒤이어 화가 난 표정의 옆집남이 따라 들어온다.

경비 사모님 안녕하세요? 아침부터 실례가 많습니다.

엄마 무슨 일이세요?

딸 들어오세요.

옆집남 몰라서 그러세요? 제가 여기 516호 때문에 살 수가 없어요. 음악을 이렇게 크게… (주위가 조용하자 두리번거리며) 껐네요.

딸 예?

경비 음악을 너무 크게 틀어놓으셔서 잠을 못 주무시겠다고 하시네요. (킁킁거리며 냄새를 맡다가) 근데 조용한데요. (커피잔을 보며) 커피 냄새 특이하네요.

옆집남 오니까 끈 거 아닙니까.

딸 아까 잠깐 켰어요.

옆집남 잠깐은 무슨 잠깐이요? 아주 시끄러워 죽겠던데요.

경비 자주 항의를 하시곤 하셨죠. 그래서 제가 연락을 드리곤 했었잖아요.

엄마 요즘은 조용하잖아요. 애들 아빠가 클래식을 워낙 좋아
해서 그래요.

옆집남 그래도 시간대는 좀 그렇잖아요.

딸 지금 다 일어난 아침이에요.

옆집남 전 지금 자야 된다고요.

딸 누가 못 자게 했어요?

엄마 수정아.

경비 그만들 하세요. 서로 조금씩 이해를 하시는 게 좋을 것
같습니다.

딸 아침에 클래식 튼다고 너무 하시는 거 아니에요? 클래
식 얼마나 좋아요? 안 그래요?

경비 클래식 좋지요. 저도 학교에서 학생들 가르칠 때 늘 얘
기했죠. 클래식을 들어라. 그러면 마음에 평화가 찾아
오고 삶에 기품이 생기며 자신의 정서적, 지적 수준이
높아진다. 클래식이 시끄럽게 느껴지는 사람은 그만큼
인격이… (옆집남을 보고 멈칫)

옆집남 인격이 뭐요? 제 인격이 뭐요?

경비 아닙니다.

딸 그렇죠. 아닌 거죠.

옆집남 예? 뭐요? 지금 뭐라고 하셨어요?

딸 아니라고요.

옆집남 제가 아니라고요?

경비 아닙니다. 그런 말을 한 게 아닙니다.

옆집남 아저씨한테 물은 게 아니잖아요.

엄마 지금 남의 집에 오셔서 뭐 하세요?

옆집남 아! 지금 홈그라운드라 이 말씀이시죠?

경비 그만하시죠.

옆집남 아저씨도 저 새로 이사 왔다고 무시하시면 안 되죠. 용돈을 얼마나 받으시는지는 모르겠는데요. 필요하시면 저도 드릴게요.

경비 제가 무슨 돈을 받았다고 이러세요?

옆집남 지금 입주민을 눈 부릅뜨고 노려보신 겁니까? 제가 아저씨 당장 자르라고 얘기할까요?

경비 지금 저한테 갑질하시는 겁니까? 아실만큼 다 아시는 분께서 뭐하시는 겁니까?

딸 이러니까 사람은 제대로 배워야 된다니까요.

옆집남 이거 왜 이래요? 대학 제대로 나오고 대학원까지 나온 사람입니다.

딸 고등학교를 제대로 안 나왔나 보네요.

옆집남 저 명문고 나왔습니다.

딸 다 명문고래? 어디를 나와도 자기만 나오면 명문고야?

옆집남 저기 로터리 건너에 있는 진짜 명문고요.

엄마 거긴 진짜 명문이잖아.

딸 남녀공학 되고 나서는 별로지 않나?

옆집남 저 다닐 때는 남고였습니다. 우리 반에서만 서울대를 세 명이나 갔어요. 알지도 못하면서. 연세대 두 명, 고려대 두 명, 서강대 한 명, 성균관 두 명, 한양대 세 명.

얼마나 많은데.

딸   그쪽은 어디 갔는데요?

옆집남   그건 중요한 게 아니고요.

경비   전교에서 서울대를 한 서른 명씩 가고 그랬지.

옆집남   아시네요. 맞습니다.

경비   몇 회신데?

옆집남   18회입니다. 역사는 다른 데보다 짧아도 입시는 장난 아닙니다.

경비   18회? 몇 반이에요?

옆집남   예? 몇 반이라고 하면 아세요?

경비   내가 3반 담임이었는데. 18회 고3 때.

옆집남   아… 독사 샘?

경비   인문계네. 같은 층. 그렇지?

옆집남   아, 저는… (경비와 눈이 마주치자) 예. 2반이었습니다. 기억이 잘 안 나네요.

엄마   클래식 좋아하시는 거 보니까 음악 선생님이셨나 봐요?

옆집남   윤리 샘이요. (말하지 말 걸 하는 표정)

딸   기억 잘 하네요.

경비   제가 좀 인상적이었습니다. 어쨌든 이제 오해도 좀 풀고 서로 이해하면서 지내는 거로 결론을 내리고 가시죠. (옆집남을 본다) 어때요?

옆집남   예, 샘.

경비   클래식 좋아할 것 같은데요.

옆집남   좋아합니다. 시끄럽게만 안 틀면.

딸	아침에 좀 트는 거라니까요.
옆집남	아가씨 퇴근하기 전에 저녁에도 장난 아니에요. 그때가 더 시끄러워요. 아가씨 퇴근할 때쯤 되면 조용해지니까 잘 몰라서 그렇지.
딸	제 퇴근 시간을 어떻게 알아요? 아저씨 이상한 사람이네요.
옆집남	뭐가 이상해요? 샘 얘기 좀 해주세요. 저, 명문고 출신 윤리맨이라고요.
경비	아! 생각났다. 윤리맨! 너구나. 반갑다, 윤리야! (손을 내민다)
옆집남	(악수하며) 예, 반갑습니다.
경비	이름이 윤리잖아. 얼굴이랑 다 많이 바뀌어서 몰라봤네. 윤리가 어쩌다가 이렇게 많이 바뀌었지? 옛날 윤리랑 지금 윤리랑 진짜 천지 차이네.
옆집남	예. 그럼 저는 이만 가보겠습니다.
딸	끝났어요?
경비	서로 조금씩 양보하면서 윤리적으로 생각하면 되죠. 그렇지? 윤리야.
옆집남	예. 샘은 제가 다음에 한 번 찾아뵙겠습니다.
경비	찾아뵙기는 무슨. 오며 가며 매일 보는데. (딸에게) 근데 무슨 커피를 드십니까? 향이 아주 독특한 것 같은데.
딸	저도 얻어온 거라 잘 몰라요. 좀 특이한 거래요.
옆집남	사향고양이가 똥 싼 거? 그런 건가요?
경비	똥?

옆집남　좀 비윤리적인 커피 그런 거 있어요.

경비　커피를 잘 아는 모양이네.

옆집남　아뇨. 제가 비염이 있어서 냄새를 잘 못 맡아요.

경비　그래서 코 대신 귀가 민감해졌네. 난 딱 문 여는 순간 이 커피 향이 코를 찌르더구만.

엄마　한잔하실래요?

경비　아닙니다. 전 가서 근무해야죠. 그래도 혹시 되시면 종이컵에 한 잔만 주시면…

딸　(옆집남에게) 한잔하실래요?

옆집남　아뇨.

딸　맛을 못 느끼시니까 필요 없겠네요.

옆집남　전 지금 자야 된다고요. 그래서 안 마십니다.

엄마가 종이컵에 부은 커피를 경비에게 준다.
종이컵을 코밑에 가져가며 커피 향을 느끼는 경비.
고개를 갸웃거리며 다시 커피 향을 맡던 경비는 커피를 마신다.

경비　오! 딱 느껴지던 향이랑 뭔가 좀 달라서 이상하다 싶더니 마시니까 또 맛이 기가 막히네요. 저한텐 아주 딱입니다.

엄마　제가 보온병에 담아서 자주 가져다드릴게요.

경비　아닙니다.

엄마　아니에요. 이런 것도 다 신경 쓰면서 살아야 되는 건데.

고생하시는데 커피 한잔 못 챙겨드려서 그동안 죄송했어요.

경비 말씀만으로도 감사합니다. 참, 저 소파 배치는 아주 인상적입니다.

옆집남 저도 저렇게 놨어요. 아파트가 동향이라서 저기 앉아서 해 뜨는 거 보면 아주 끝장납니다.

딸 지금 자야 된다면서요? 해 뜨는 건 왜 봐요?

옆집남 밤에 별 보다가 자는 거랑 같은 거예요.

경비 그럼 이만 가보겠습니다. 윤리야, 남의 집에 이렇게 불쑥 찾아와서 오래 있는 건 실례야.

옆집남 제가 아까부터 가자고 했는데요.

경비 그럼 저희는 가보겠습니다. 안녕히 계십시오.

엄마 예. 안녕히 가세요.

딸 가세요.

경비와 옆집남은 함께 나간다.

딸은 현관문까지 따라 나가서 문을 닫고 들어온다.

엄마 오늘 진짜 정신이 없다.

딸 사람 이름이 윤리가 뭐야? 안 그래? 성이 윤 씨고 이름이 그럼 리라는 건가?

엄마 뭔 윤리겠지.

딸 뭔 윤리?

엄마 그야 모르지. 문인지, 안인지, 유인지, 김인지. 그것도 아니면 황인지.

딸 하긴 뭐든 무슨 상관이야. 자기 이름대로 살겠지.

엄마 사람이 자기 이름대로 살면 진짜 웃기겠다. 삼촌 봐라. 우환이 끊이질 않겠어. 아버지는… 아니다. 무섭겠구나. 이름대로 살면.

딸 그래, 준수가 준수하게 살면 진짜 무섭겠다.

엄마 그래도 어릴 때는 진짜 준수하게 컸어. 머리가 굵어지니까 자기도 남자라고.

딸 그럼 난 수정이니까. 수정처럼 크리스탈처럼 맑고 아름답게 살아야겠네.

엄마 그게 아니라 서른 넘도록 시집 안 가고 살고 있는 인생을 수정해야지. 인생수정!

딸 나 이러다가 정말 사고 친다.

엄마 무슨 사고?

딸 몰라서 물어?

엄마 너 아직 시집도 안 간 처녀야. 안 돼.

딸 그러니까 사고를 치는 거지.

엄마 쓸데없는 소리!

딸 두고 봐. 나도 할 수 있다니까.

엄마 차라리 내가 한다.

딸 엄마! 미쳤어? 엄마는 가정이 있잖아. 나도 있고 나이도 있고.

엄마 네가 미쳤지. 곱게 키워놨더니 어디 그런 생각을 해?

딸 요즘은 다 해. 별것도 아냐.

엄마	미쳤어. 비윤리적이야.
딸	세상이 더 비윤리적이야. 아니 반윤리적이야.
엄마	왜? 왜 반윤리적이야?
딸	반대를 말하는 게 아니고 절반만 윤리적이라고. 반윤리적!
엄마	그러니까 절반은 괜찮은 거네. 절반은 윤리적인 거네.
딸	그래도 사랑하니까 충분히 이해할 수 있을 것 같은데.
엄마	사랑하니까? (사이) 그래, 이해할 수 있을 것 같다. 절반은 윤리적이니까. 나머진 때가 되면 그때 가서 생각하면 되지. 사랑하니까.
딸	그래, 엄마. 사랑하잖아. 이해해야지. 난 다 이해할 수 있어. 엄마도 그렇게 편하게 생각했으면 좋겠어. 알았어?
엄마	알았어. 우리 딸 말인데 내가 들어야지. 서른 넘었어도 나한텐 어린 딸인데 내가 다 이해를 해야지.
딸	엄마!

슈베르트 피아노 3중주 2번이 흐른다.
엄마에게 안기는 딸.
딸을 꼭 안아주는 엄마.
음악 소리 더 커진다.
암전.

4. 환

슈베르트 피아노 3중주 2번이 흐르고 있다.

베란다 밖 아파트들 사이로 안개가 뿌옇게 끼어있다.

베란다를 향하고 있는 소파에 누워있는 규환의 맨발이 보인다.

엄마가 안방에서 나와 소파를 보더니 무심히 주방으로 간다.

아침 식사 준비를 하는 소리가 들린다.

딸이 방에서 기지개를 켜며 나와 소파를 보더니 무심히 현관
문 밖으로 나간다.

신문과 우유를 가지고 들어온 딸은 좌식 테이블 앞에 앉는다.

딸은 리모컨으로 음악을 끈다.

딸   (우유를 마시며) 이건 왜 매일 내가 가져와야 돼? 난 보지
도 않는데.

엄마   (소리만) 난 혼자 다 먹어서 아침 해? 다 같이 하는 거지.

딸   그래도 보는 사람이 가져와야 되는 거 아냐?

엄마   (소리만) 그럼 아빠 보고 얘기 해.

딸   (보지도 않은 채) 아직 주무시는 것 같은데.

엄마   (소리만) 냄새는 안 나?

딸   (규환의 발을 보고는) 엄마, 아빠 발 또 안 씻었는데.

엄마   (소리만) 그럼 좀 씻겨드려.

딸   난 발톱 깎아드렸잖아.

40

엄마	(커피를 들고 나오며) 난 발 씻겼잖아.
딸	씻기면 뭐해? 이제 일부러 안 씻는 것 같아. 엄마가 씻겨주니까.
엄마	냄새나면 아빠보다 우리가 불편한데 씻겨드리자.
딸	엄마는 매일 당하면서 그러고 싶어? 또 당하네.
엄마	아빠잖아.
딸	발톱은 안 깎아드릴래. 그건 우리가 안 불편하잖아.
엄마	양말 잘 터지잖아. 꿰매기 힘들어.
딸	새로 사면 되지.
엄마	아깝잖아.
딸	천 원짜리 양말 때문에 바늘 사고 실도 사면 그게 더 아까워. 일자리 창출하는 것도 아니고 그게 뭐야.
엄마	그건 또 그래. 근데 이 녀석은 오늘도 안 들어온 거야?
딸	누구? 삼촌?
엄마	그래.
딸	난 또 준수 얘기하는 줄 알았지.
엄마	삼촌 그 여자는 이제 안 만난대?
딸	모르지.
엄마	하긴. 한번 왔다 갔으니 또 몇 달 후나 집에 오겠지. 그렇게 돌아다니는 거로 책을 내면 잘 팔리겠네.
딸	글도 못 써, 사진도 못 찍는데 어떻게 책을 내겠어.
엄마	하긴 그렇다. 우리 준수면 몰라도. 준수는 글도 잘 써. 사진도 잘 찍어.
딸	그러면 뭐해? 엄마 말을 안 듣는데.

엄마 그러게. 엄마 말만 잘 들어도 인생이 술술 풀리는 건데.
근데 준수 녀석은 도대체 언제나 집에 들어온대?

딸 왔어.

엄마 뭐? 진짜? 언제?

딸 새벽에 술이 떡이 돼서 들어 왔어.

엄마 이제 아주 아빠에 삼촌까지 안 좋은 건 싹 다 빼다 박았
네.

딸 우리집 남자들 정말 맘에 안 들어.

엄마 준수는 어디 갔다 왔대? 얘기는 해 봤어?

딸 직접 물어봐.

엄마 잠자고 있을 텐데. 일단 푹 자고 얘기해도 되잖아.

딸 혼자 아닌 것 같던데.

엄마 뭐? 친구랑 왔어?

딸 여자인 것 같더라고.

엄마 오랜만에 집에 들어오면서 여자를 데리고 와? 언제?

딸 새벽에 왔지. 얼굴은 못 봤어.

엄마 그러면 어떻게 알았어?

딸 삼촌 신발 아니고. 발 크기가 준수 꺼고. 옆에 여자 신
발 보이고. 그러니까 답 나오잖아.

엄마 도대체 지금까지 뭘 하다 온 거야?

엄마가 아들 방 앞에 가서 들어가려는데 아들이 나온다.

엄마 할 말 없어?

아들	비켜 봐. (화장실로 들어간다)
엄마	야!

여친이 방에서 잠이 덜 깬 상태에서 나온다.
엄마와 눈이 마주치는 여친.

엄마	저기요.
여친	안녕하세요? 어머님.
엄마	아니, 저번에?
여친	어머님, 많이 놀라셨죠? 죄송합니다. 초면에 아니 저번에 이어서 또 이런 모습 보여드려서요.
딸	오! 마이 갓이네.
여친	우리 오빠가 이 집에 사네요. 이런 인연이 없네요.
딸	인연?
여친	정말 저는 여기랑 하늘에서 이어줬나 봐요.
딸	예?
엄마	저번에 왔던 집인 걸 알면서 다시 오고 싶었어요?
여친	아파트가 다 거기서 거기라 같은 집인지 몰랐어요.
엄마	이게 말이 되냐고. 삼촌을 만났다가 조카를 만나는 게 말이나 되냐고.
여친	전 깨끗해요. 결혼한 적도 없어요. 스무 살이거든요. 근데요.
딸	빠른이라서 스물한 살?
여친	아, 전에 얘기했죠? 근데 언니 맞죠? 우리 오빠 누나 있

다던데.

딸　예. 제가 누나랍니다.

여친　언니면 편하게 해야 되는데… 편하게 하세요.

아들　(화장실에서 나와서 보더니) 누나 많이 늙었네.

딸　야! 오랜만에 죽을래?

아들　오랜만인 건 아네. 이렇게 오랜만에 보는데 반응이 이
거밖에 안 돼? 엄마랑 누나 섭섭한데. 달려와서 끌어안
고 울고 이래야 되는 거 아냐?

엄마　네가 나이가 몇인데 그런 걸 바라니?

아들　엄마, 내 나이 몰라서 물어보는 거지?

엄마　뭐?

아들　모르잖아. 생각도 안 나지?

딸　넌 엄마 나이 알아?

아들　나야 모르지.

딸　넌 모르면서 엄마한테 왜 그래?

아들　엄마는 내가 태어나는 것부터 봤지만 난 못 봤잖아. 엄
마가 나이를 속이는지 아니면 뭘 또 속이는지 알게 뭐
야.

딸　엄마가 뭘 속여?

아들　누나도 마찬가지야.

딸　내가 뭘?

엄마　그만들 해.

여친　어머님, 죄송합니다. 이게 다 제가 못나서 그래요.

아들　괜찮아. 우리 집이 특이한 거야.

여친	왜 화목하고 좋은데.
딸	저 여자애 저번에 왔었어. 삼촌이랑. 준수 너 알아?
아들	전에 사귀던 남자 얘기 듣는데 꼭 삼촌 같더라고. 그래서 그 얘기에 끌려서 내가 먼저 사귀자고 했어.
여친	오빠, 그런 거였어? 오빠는 내가 아니라 그런 조건이 맘에 들었던 거야? 오빠 실망이야.
아들	그것도 너의 일부잖아. 그것까지도 다 너야. 지금까지 살아온 너의 전부.
딸	너, 제정신 아닌 것 같다.
엄마	준수야, 너 무슨 일이 있었던 거야? 집에 안 들어오더니 이상한 친구들 만난 거야? 도대체 누굴 만나고 다닌 거야?
아들	엄마, 나 얼마 만에 집에 온 지 알아?
엄마	글쎄, 얼마 만이지?
딸	그러고 보니까 좀 된 것 같은데.
엄마	며칠 아니 몇 주 됐나?
딸	몇 달 아냐?
엄마	그렇게나 됐나?
여친	오빠, 가출했었어?
아들	나 스물다섯 살이야.
여친	그럼, 가출할 나이는 아니네.
아들	스무 살 되던 해에 집 나가서 이제 들어온 거야.
여친	그럼 5년 만에 집에 온 거야?
엄마	그렇게나 됐다고? 말도 안 돼.

딸	그동안 어디서 뭐 했는데?
아들	대학도 다니고 군대도 다녀오고.
엄마	혼자서? 그 힘든 걸 혼자서?
아들	아빠가 등록금, 생활비 다 보내줬어. 군대에 면회도 오고.
딸	아빠한테 그런 면이 있었어?
아들	나 집에 들어오라고 계속 그러셨어.
엄마	그래서 돌아온 거야?
아들	이제 강해졌거든. 내가 지킬 거야. 당당히 얘기를 해야겠어.
여친	(소파에 보이는 발을 보고) 아버님한테?
아들	아버지! 저 왔습니다. 준수가 돌아왔다고요.
여친	술 많이 드셨나보네요.
아들	우리 아버지 술로는 절대 안 뒤지지. 그냥 아주 끝장을 보는 스타일이야.
엄마	아주 피는 못 속인다고. 너도 이렇게 마실까 걱정이다. 여보, 좀 일어나 봐요.
여친	냅두세요. 주무실 때 건드리는 거 제일 싫어하잖아요.
아들	그건 어떻게 알아? 아, 저번에.
여친	오빠는 다친 데 없어?
삼촌	(티셔츠를 올려 등을 보여주며) 흉터 보여?
여친	오빠, 이거 왜 이래? 아버지 깨우다가 그랬어?
아들	아니.
엄마	낯선 사람한테 집안 얘기를 다 하네. 이제 그만해.

딸	그래, 그렇게 얘기하는 건 아닌 것 같다.
아들	(여친에게) 방에 들어가 있어.

여친은 어쩔 수 없다는 듯이 방으로 들어간다.
방문 밖으로 얼굴만 내밀었다가 쏙 집어넣고 문을 닫는다.
아들이 리모컨으로 음악을 켠다.
비발디 사계 가을 1악장이 흐른다.

아들	부끄러운 거야? 무서운 거야?
딸	이제 와서 왜 그래? 강해졌다고?
아들	그래.
딸	몇 시부터? 오늘 아니 어제 갑자기 강해졌어? 지난주엔 아니던 게 갑자기?
아들	내가 도와주겠다고. 난 이제 겁이 안 난다고.
딸	도망간 건 너야. 겁이 나서 도망간 건 너라고. 근데 이제 와서 뭐야?
엄마	그만해.
아들	난 어렸어. 난 누나보다 어렸다고.
딸	어른이 돼서는?
아들	어른?
딸	스물이면 어른이라며? 어른이 됐다고 좋아했잖아.
아들	어른이지만 어른이 아니었으니까. 난 그때도 작고 약했어.
딸	몸은 네가 훨씬 컸어. 네가 훨씬 힘이 셌잖아.

아들　아니야. 약했어.

딸　무서웠잖아. 그래서 나간 거잖아.

아들　이젠 아니야. 내가 더 세졌어.

딸　집을 나갈 때도 네가 더 셌어. 그때나 지금이나.

아들　뭐?

딸　진짜야. 너도 알고 있는 사실이야. 인정하기 싫겠지만.

아들　정말 그런지 물어보면 되겠네. 아버지!

딸　일어나시면 여쭤봐.

엄마　그래, 일부러 깨우진 말아라. 아버지가 많이 힘들다고
하시더라.

아들　5년을 기다렸는데 그거 더 못 기다릴까 봐서요? 일어
나실 때까지 기다릴게요.

아들은 여친이 있는 방으로 들어간다.

엄마와 딸은 그 모습을 보면서 함께 소파를 본다.

엄마가 리모컨으로 음악을 켠다.

비발디 사계 가을 2악장이 흐른다.

엄마　아침은?

딸　요즘 우리가 아침 먹은 적 있어?

엄마　커피나 한잔하자. 아메리카노.

딸　물 타서.

엄마　우유는 미리 마셨지?

딸　라떼니까.

엄마	세상이 어떻게 돌아가려고 이러나 모르겠다. 그래도 너희 아빠는 저 정도는 아니었다. 얼마나 양반이었는데.
딸	진짜? 아빠, 그랬어?
엄마	지금도 봐봐. 자는 척하면서 다 듣고 있어. 그러면서도 모른 척하는 거야. 지금 일어나봤자. 싸움밖에 더 나겠어?
딸	그건 그렇지. 준수 등에 흉터 큰 거 하나 더 생기겠지. 아빠, 잘 했어. (규환의 발을 보더니) 그래도 발은 씻어야겠다. 진짜 우리 몰래 어딜 다니나 봐.
엄마	아빠들이야 다 그런 거지.
딸	맨발로 안간힘을 쓰면서 남이 가져갈 걸 내가 조금이라도 더 가져오려고 싸우는 도둑?
엄마	왜 아니겠니.
딸	발에 바르는 로션 없어?
엄마	서랍장 맨 아래 찾아봐.
딸	오! 발에 바르는 로션 따로 있었어?
엄마	오래된 거 있잖아. 그거 쓰면 돼.
딸	얼굴에 쓰다가 지난 거 발에 쓰는 거야?
엄마	얼굴부터 쓰다가 자꾸 내려가는 거지.
딸	발도 중요해.
엄마	발에 바르다가 얼굴로 올리는 것보다는 내리는 게 낫잖아.
딸	그건 그래.
딸	알았어. (안방으로 들어간다)

엄마 그래, 난 세숫대야에 물 받아와야겠다. 따뜻해야지 때
가 지겠네. (화장실로 들어간다)

베토벤 현악 4중주 14번 흐른다.
규환이 드디어 일어나 자리에 앉는다.
자리에서 일어나 창밖을 보는 규환.
규환은 가족들이 들어가 있는 방과 화장실 앞을 돌아가며 쳐
다본다.
그리고 거실에 있는 가족사진과 자신의 독사진을 물끄러미
본다.

엄마 (소리만) 준수가 5년 만에 온 게 맞아? 맞다. 대통령도
바뀌었지

딸 (소리만) 엄마, 여기 준수 군대 사진도 있네.

엄마 (소리만) 그래도 남자라고 여자를 데리고 오네.

딸 (소리만) 5년 동안 어디 갔나 했더니 여기 다 있었네.

엄마 (소리만) 아빠 싫다고 나가서 아빠가 돼서 들어온 건 아
닌가 모르겠다.

딸 (소리만) 준수 아빠 젊었을 때랑 똑같네.

엄마 (소리만) 그러니까 내가 걱정 안 할 수가 없지.

딸 (소리만) 근데 지금은 왜 그런 걸까?

규환, 다시 창 앞으로 가서 창밖을 본다.
소파에 앉더니 다시 눕는 규환.

엄마가 세숫대야와 수건을 들고 나온다.
딸은 로션을 가지고 나온다.
규환의 발 앞에 마주 앉는 엄마와 딸.
조심스럽게 규환의 발을 닦는 엄마.

엄마　　어쩌겠어. 생긴 대로 살아야지.

딸　　　고치면 좀 괜찮지 않겠어?

엄마　　나이 먹고 이제 와서 고쳐지길 하겠어? 포기해야지.

딸　　　그래도 이런 것도 다 괜찮다는 사람도 있겠지?

엄마　　그래, 어쩌겠냐. 받아들일 건 받아들여야지. 이제 색이
　　　　　 지지도 않네.

딸　　　진짜야. 괜찮다더라고. 그래서 나도 괜찮다고 했지.

엄마　　그럼 됐지, 뭐.

딸　　　고마워.

규환의 발에 로션을 바르는 딸.
베토벤 현악 4중주 14번 더욱 커진다.
암전.

5. 아비

슈베르트 피아노 3중주 2번이 흐르고 있다.
베란다 밖 아파트들 사이로 어둠이 내려앉아 있다.
가로등 불빛과 건너편 아파트의 불빛이 보인다.
베란다를 향하고 있는 소파에 누워있는 규환의 맨발이 보인다.
엄마가 안방에서 나와 소파를 보더니 무심히 주방으로 간다.
저녁 식사 준비를 하는 소리가 들린다.
딸이 방에서 기지개를 켜며 나와 소파를 보더니 무심히 현관문 밖으로 나간다.
신문과 우유를 가지고 들어온 딸은 좌식 테이블 앞에 앉는다.
딸은 리모컨으로 음악을 끈다.
현관문을 두드리는 쾅쾅 소리.
그리고 뒤이어 들리는 초인종 소리.

엄마 이 시간에 누구야?
딸 (인터폰을 확인하며) 경비아저씨 같은데. (문 쪽으로 가며) 예.

딸과 함께 난감한 표정의 경비가 들어온다.
뒤이어 큰 선글라스와 모자로 얼굴을 가린 아랫집 여자가 들어온다.

경비 안녕하세요? 저녁 식사시간인데 실례가 많습니다.

엄마 무슨 일이세요?

딸 들어오세요.

아랫집 몰라서 그러세요? 그렇게 뛰어다니면… (주위가 조용하자 두리번거리며) 애들 어디 갔어요?

딸 예?

경비 애들이 너무 뛰어다녀서 잠을 못 주무시겠다고 하시네요. 근데 조용한데요. (킁킁거리며 냄새를 맡다가) 커피 향 특이해요.

아랫집 제가 오니까 방 안에 숨었나 보네요.

딸 우리 집에는 애들이 없어요.

아랫집 그러면 어른이 그렇게 뛰어다녀요?

경비 자주 항의를 하시곤 하셨죠. 그래서 제가 연락을 드리곤 했었잖아요.

엄마 요즘은 조용하잖아요. 애들 아빠가 흥에 겨워서 지휘를 하다 보면 쿵쿵거릴 때가 있긴 한데 요즘 안 그래요.

아랫집 소리가 들린 것 같은데요.

딸 그럴 사람이 없다고요.

아랫집 (규환의 발을 보고) 저기 숨어 있네요. 저기 누군데요?

엄마 애들 아빠요.

경비 일찍 주무시네요.

엄마 요즘 피곤하셔서 지휘도 안 하신다니까요.

경비	정말 고상한 취미신데요. 저도 클래식을 좋아하지만 지휘까지는 못합니다. 대단하십니다. 저도 학교에서 학생들 가르칠 때 늘 얘기했죠. 클래식을 들어라. 그러면 마음에 평화가 찾아오고 삶에 기품이 생기며 자신의 정서적, 지적 수준이 높아진다. 클래식이 시끄럽게 느껴지는 사람은 그만큼 인격이⋯ (아랫집 여자를 보고 멈칫)
딸	이제 됐죠?
경비	여긴 그러실 분이 아닙니다.
아랫집	그럼 소리가 어디서 나요? 제가 바로 아래층 416호인데요. 애들 뛰는 소리 아니면 우퍼 소리 아니에요?
경비	아파트 구조상 바로 위가 아니라 위의 위에서 소리가 전해지기도 하고요. 위의 옆집에서 전해지기도 합니다.
아랫집	옆집은 누군데요? 이상한 사람 아니에요?
딸	거긴 좀 이상해요.
아랫집	그래요?
경비	그렇진 않습니다. 윤리가 삽니다. 그럴 리가 없습니다.
아랫집	예?
경비	명문고를 나온 제 제자가 삽니다. 제가 명문고 교사 출신입니다.
아랫집	명문고 나와서 명문대를 나왔어요?
경비	그것까지는 모르겠습니다.
아랫집	한번 가보죠.
경비	지금 없습니다. 새벽이나 돼야 옵니다.
아랫집	그때까지 어떻게 기다려요?

딸	기다릴 필요도 없겠네요.
아랫집	예?
딸	사람도 없다는데 거기 소리가 내려갈 일이 없잖아요.
경비	맞네요. 그러네.
아랫집	그럼, 어디란 거예요?
경비	518호가 신고가 많이 들어오던데… 거기가 아닌가 생각이 되기도 하네요. 일단 나가시죠. 실례가 많았습니다.
아랫집	아, 정말 아파트를 어떻게 지은 거야? 무슨 닭장도 아니고.

엄마가 종이컵에 부은 커피를 경비에게 준다.
종이컵을 코밑에 가져가며 커피 향을 느끼는 경비.

경비	감사합니다. 안녕히 계십시오.

경비와 아랫집 여자가 나간다.
딸은 현관문까지 따라 나가서 문을 닫고 들어온다.

엄마	오늘 진짜 정신이 없다.
딸	우리를 지켜주는 사람은 누굴까?
엄마	경비아저씨.
딸	뭐?
엄마	경비가 우리 지켜주는 일 하잖아.

딸	경비 할아버지잖아. 자기 몸 지키기도 힘들 것 같은데.
엄마	나이 먹으면 어쩔 수 없지.
딸	경비 할아버지가 우리를 지키는 게 아니라 우리가 관리비 내서 경비 할아버지 생계를 지키는 거 아닐까?
엄마	그건 나쁜 생각 같다. 서로 주고받는 거지. 그렇게 생각하면 그게 진짜 티브이에 나오는 갑질이야.
딸	맞잖아. 나이가 많으면 그만큼 힘들다고. 나이가 문제지.
엄마	나이가 문제겠어? 나이 갖고 그러지 마라. 누구나 나이 먹는다.
딸	그래? 나이는 괜찮아?
엄마	너 나이 많은 남자 만나냐?
딸	귀신이네.
엄마	열 살 이상 많아?
딸	삼촌 친구야.
엄마	그럼 너무 많잖아.
딸	오십도 안 됐어. 사십 대야.
엄마	네 아빠가 알면…
딸	아빠는 봤어.
엄마	그래서? 뭐래?
딸	헤어지라고.
엄마	그래서?
딸	헤어졌지.
엄마	넌 역시 아빠 말을 잘 듣는구나.

딸	그날은. 그날은 헤어졌다고.
엄마	그러면?
딸	나이 먹고 만나서 사람이 쉽게 헤어질 수 있나? 언제 또 만날지도 모르는데.
엄마	그래서? 그 남자랑 결혼이라도 하게?
딸	나이보다 동안이어서 내 또래로 보여.
엄마	미친년! 그건 네가 들어 보여서 그렇고.
딸	엄마!
엄마	너 말년에 혼자서 오래 살아야 돼. 자식이 곁에 있어 주기를 하겠어? 혼자서 많이 외로울 거야.
딸	내가 엄마랑 같이 살면 되지.
엄마	됐어. 부담스러워서 그건 안 돼.
딸	만나보지도 않고 왜?
엄마	아빠가 헤어지라고 했다며?
딸	그때는 그럴까도 했는데 생각이 바뀌었어. 엄마는 안 봤잖아.
엄마	언제 시간 되면 보자.
딸	지금 봐.
엄마	뭐?
딸	왔대.

초인종 소리가 들린다.
딸이 문 쪽으로 가서 현관문을 열고 남친과 들어온다.

남친　　어머님, 안녕하세요? (규환의 발을 보고) 아버님, 안녕하세요?

엄마　　이렇게 갑자기 오면 어쩌나?

딸　　뭐, 어때?

엄마　　밖에서 얼마나 기다린 거예요?

남친　　경비아저씨가 오기 전부터 있었는데요.

엄마　　그런데 왜 안 들어오고?

남친　　연락을 기다리라고 해서요.

엄마　　여자 말을 잘 듣는 모양이네.

남친　　그럼요. 남자는 여자 말을 잘 들어야죠.

엄마　　그렇게 여자 말 듣는 나이는 아닌 것 같은데. 요즘 세대는 아니잖아요.

남친　　나이보다 많이 젊게 살고 있습니다.

엄마　　얼굴이 그렇게는 안 보이네.

딸　　내가 동안이라 그랬잖아. 나보다 어리게 보는 사람도 있어.

엄마　　진짜 어려 보인다.

딸　　진짜 여자 맘도 잘 알아. 아빠랑은 차원이 달라.

남친　　아버님 들으시는데…

딸　　저렇게 주무실 때는 아무것도 몰라.

엄마　　저렇게 계실 때는 들어도 못 들은 척하셔. 뭐든 얘기해도 돼요. 전에 수정이 아빠 만났을 때 어땠어요? 뭐라고 하던가요?

남친　　어머님, 말씀 편하게 하세요.

엄마	내가 누나 뻘밖에 안 돼 보이는데. 괜찮겠어요?
남친	어머님!
엄마	그래, 차차 하죠. 얘기해 봐요.
딸	얘기했잖아. 헤어지라고 했다고.
남친	예. 맞습니다. 당장 헤어지라고 하셨습니다.
엄마	이유가 뭐라고 하던가요?
딸	남자답지 못하다고.
엄마	그거예요?
남친	예. 남자답지 못하게 숨겼다고요.
딸	오빠!
엄마	뭘 숨겨요?
딸	오빠, 결혼했었어. 엄마, 미안해. 숨기려던 건 아니고.
남친	어머님, 죄송합니다.
엄마	뭐, 어때? 나이가 있는데 한 적 없으면 그게 더 이상하네. 그럴 수 있지.
딸	엄마!
남친	감사합니다.
엄마	이혼이면 다시 그 사람이랑 잘 될까 봐 조마조마하겠고 사별이면 마음을 다 안 줄까 봐 걱정일 것 같아서. 어느 경우예요?
남친	둘 답니다.
엄마	결혼 두 번?
남친	아뇨. 이혼하고 나서 나중에 세상 떠났다고요. 그래서 다시 잘 될 일도 마음을 줄 일도 없습니다.

59

엄마	이런 말을 해서 미안하지만 그나마 그건 다행이네요.
딸	아빠보다 엄마가 훨씬 세련됐다니까.
엄마	뭐, 자식만 없으면 됐지.
남친	아… 그게…
엄마	있어?
딸	있어.
엄마	안 돼. 자기 자식 키우기도 힘든데 남의 자식을 어떻게 키워?
딸	엄마는?
엄마	엄마가 뭐?
딸	엄마는 어떻게 키웠냐고?
엄마	엄마가 남의 자식이 어딨어?
딸	나! 나 아빠 자식이잖아. 엄마 자식 아니잖아.
엄마	그런 말은 하지 마. 애는 어려요?
남친	많이 큽니다. 손 갈 일은 없습니다.
엄마	넌 봤어?
딸	못 봤어.
남친	같이 안 살아서요. 혼자서 알아서 잘 삽니다. 워낙 커서.
엄마	설마, 스무 살쯤이라도 되나?
남친	예. 스무 살입니다.
엄마	자기 자식으로 정 붙이고 살 수 없는 나이네. 차라리 이게 낫지.

자다가 일어난 아들이 방에서 나온다.
남친의 모습을 보고 누군가 하는 표정의 아들.

엄마 준수야, 인사해라.

아들 누구세요?

딸 누나 남자친구.

아들 결혼하게요?

남친 그러니까 인사를 왔지요. 잘 부탁해요. (악수를 위해 손을 내민다)

아들 (악수하지 않고 커피를 마신다) 전 뭐 몇 번이나 본다고. 아버지만 조심하시면 돼요.

엄마 애가 오랜만에 집에 와서 가풍을 못 배워서 그래요.

남친 아닙니다.

딸 싸가지가 없어서 그래. 그러니까 만나도 똑 자기 같은 애를 만나지.

아들 (방안을 보고) 커피 가져다줄까?

여친 (소리만) 나갈게.

남친 누구?

딸 여친.

엄마 나이는 어려도 심성은 고운 애일 거예요. 그랬으면 좋겠네.

여친이 방에서 나온다.
아들이 건네는 커피를 마신다.

여친과 남친의 눈이 마주친다.

깜짝 놀라는 여친과 남친.

두 사람의 반응에 이상한 낌새를 느끼는 가족들.

아들　뭐야? 삼촌 말고 저 사람도 사귄 거야?

딸　오빠, 쟤 만났어?

엄마　집안 잘 돌아간다.

남친　너 어떻게 된 거야? 연락 안 되더니. 사귀는 남자야?

여친　응. 사귀는 여자가 이 언니야?

딸　기가 막히네.

남친　정말 나도 기가 막히긴 한데…

여친　아빠 잘못도 아니잖아.

딸　나이 차이가 얼만데 오빠야?

엄마　오빠가 아니고 아빠라고 하던데.

딸　그 정도 사이야?

여친　진짜 아빠라고요.

남친　인사해. 내 딸이야.

엄마　아이고. 이건 좀 아닌 것 같다.

남친　그럼 지금 이게… 관계가…

여친　완전 막장이네. 드라마에서 보던 일이 실제로 벌어지니까 기분 별로다.

아들　티브이 봐봐. 더 심한 일도 많아. 사람을 죽인 것도 아닌데 뭐 어때?

여친　사람을 죽여도 이런 기분은 아닐 것 같은데.

남친	너 사람 죽여 봤니?
여친	죽도록 미워는 해봤어.
딸	죽도록 죽이고 싶어.
남친	미안해.
엄마	아빠 말 들었어야 됐어.
여친	괜찮아요. 제가 오빠랑 헤어지면 돼요. 헤어질 수 있지?
아들	그래, 누나를 위하는 일인데 그쯤은 양보해야지.
남친	진짜? 근데 그동안 아빠가 별로 해준 것도 없는데 사랑이라도 아빠가 양보해야 하지 않겠어? 아빠는 그렇게 생각한다.
여친	아빠, 고마워. 아빠 죽도록 미워했었는데…
남친	그게 나였구나. 나를 그렇게 미워했었구나. 그래서 너 이렇게 막살고 있었구나.
여친	아빠, 나 막산 거 아냐.
아들	그건 맞죠. 우리 자기가 막산 거면 내가 이상해지잖아요.
엄마	그럼 이게 막산 게 아니면 뭐야? 지금 관계가 이런데.
남친	아닙니다. 어머님. 저는 막살았지만 우리 애는 절대 그런 애가 아닙니다.
딸	뭐야? 그럼 내가 어떻게 되는 건데? 나 만난 게 막산 거야?
엄마	말도 안 되지. 우리 수정이만큼 착한 딸이 어딨다고.
남친	맞습니다. 그래서 사랑합니다. 그래서 많은 나이에도

불구하고 결혼을 결심했습니다.

엄마 우리 딸이 나이가 뭐가 많다고 자꾸 그래요?

남친 제 나이를 말한 겁니다.

여친 아빠 나이도 괜찮아. 그 정도면 아직 청춘이야.

엄마 그래서 우환 삼촌을 만났던 모양이네.

딸 엄마, 그 얘긴 뭐 하려 해?

남친 너? 너야? 우환이가 어린 애 만난다고 하더니 그게 너였어? 정말 너야?

여친 아빠… 그게 난 아빠 친군 줄 모르고…

남친 우환이가 너 칭찬 많이 했어. 착하고 성실하고 싹싹하고 참 좋다고 그러더라. 아빠가 우리 딸 자랑스럽다. 정말 혼자서도 잘 컸구나. 내가 챙겨주지도 못했는데.

여친 (울컥해서) 아빠… 나 진짜 좋은 사람만 만났고 진짜 좋은 사랑만 했어.

아들 맞습니다. 진짜 인정합니다.

여친이 남친의 품에 안긴다.
감동적으로 포옹하는 부녀지간.

딸 (규환 쪽을 보며) 아빠는 나 언제 안아준 게 마지막이야? 아빠! 기억해?

엄마 네 아빠도 딸이라면 정말 끔찍이 챙겼어. 준수보다 수정이 널 얼마나 많이 챙겼니. 기억 안 나? 나하고 단둘이만 있어도 될 텐데 굳이 꼭 너까지 불렀잖아. 안 빼놓

…고. 그런 아빠잖아.

남친 우리가 나가서 얘기를 좀 정리해야 될 것 같습니다.

딸 그래.

여친 (준수를 보며) 오빠.

아들 나가서 얘기 정리하고 들어 와. 이 오빠는 뭐든 다 이해해. 가슴 넓고 상냥하고 따뜻한 오빠잖아. 또 그런 아빠가 될 사람이라는 거 잊지 말고.

여친 응, 오빠.

엄마 우리 가족도 정리가 필요하니까 그쪽 가족은 빨리 자리를 좀 피해줘요.

남친 제가 다시 찾아뵙겠습니다.

엄마 생각 좀 해보고요.

남친 한 번뿐인 인생, 미련 없이 살아야 된다고 생각합니다. 누가 됐든 반드시 가족이 됐으면 합니다.

딸 오빠, 말 멋지게 하네.

엄마 미친년! 일단 나가세요.

남친 (여친에게) 뭐 먹고 싶은 거 없어? 뭐 좋아해?

여친 아빠랑 먹으면 뭐든 좋아.

남친 그래, 그게 바로 가족이고 식구라는 거야.

남친과 여친이 함께 나간다.
아들이 현관문까지 나가서 보내고 들어온다.

아들 누나 결혼할 거야?

딸 몰라!

아들 확실히 말해. 헤어질 거야? 안 헤어질 거야? 안 헤어질 거면 내가 헤어지고, 헤어질 거면 내가 안 헤어지고.

엄마 그만해! 세상에 살다 살다 이런 경우도 있네.

딸 미안해.

아들 엄마, 미안

엄마 너희들 잘못이 아니잖아.

딸 그래도…

엄마 오늘 진짜 정신이 없다.

딸 근데 왜 오늘도 아빠는 꼼짝을 안 할까?

엄마 그야 모르지. 움직이기 싫은가 봐.

딸 출근 안 한 지도 오래된 것 같은데.

엄마 관뒀잖아.

딸 관둔 거야?

엄마 잘리기 전에 관둔 거야.

딸 그건 잘한 것 같네.

아들 퇴직금 받으셨겠네. 그거 때문에 자꾸 나 들어오라고 하셨나? (용기를 내어 규환 쪽으로 조금씩 다가간다)

딸 말도 안 되는 소리 하지 마. 용기 있으면 직접 물어보든지. 근데 밥은?

엄마 우리도 제대로 안 먹은 지 오래됐어.

딸 아빠 식사하는 거 못 본 지 오래됐어.

엄마 화장실 가는 것도.

딸 우리가 안 볼 때 그렇게 돌아다니시나?

엄마   그러니까 발이 시커멓지.

엄마와 딸이 이야기 나누고 있을 때, 아들이 아버지의 죽음을 인지하게 된다.

아들   엄마!

엄마   왜?

아들   사람이 죽어도 시커멓게 변하지 않아?

엄마   글쎄 난 못 봐서.

아들   사람이 죽으면 점점 시커멓게 변하다가 말라가나 봐.

엄마   그런 것도 알아? 실제로 봤어?

아들   엄마도 봤잖아.

엄마   내가?

아들   응.

엄마   언제 봤지?

아들   아빠.

엄마   뭐?

아들   아빠 죽었잖아.

엄마   너 아빠한테 무슨 말을 그렇게 해? 이렇게 옆에 누워 계신데.

아들   누워 계시지. 죽어서 이렇게.

엄마   무슨 말이야?

아들   아빠를 보라고. 지금 계속 저러고 있는 거. 자는 것 같아? 아빠 죽었어.

엄마도 알잖아. 이제 그만하자.

엄마 혹시 아니? 다시 일어날지. 내가 보기엔 우리만 자리
비켜주면 일어나서 돌아다니더라. 맨발이 시커멓게 변
할 정도로 말이야.

아들 썩고 있는 거잖아.

규환의 맨발 쪽에서 베란다 앞에 붙어서 소파를 보는 딸.

엄마 아빠 주무시는데 방해하지 말고 이리 와.

딸 엄마도 와서 봐. 이제 몰라보겠다. 쪼그라들어서 다른
사람 같네.

엄마 나이 들면 다 그래.

딸 와 보라니까. 저게 사람 모습이야? 인정할 건 인정해야
지. 이제! 엄마!

엄마 그냥 모른 척해주면 안 되겠어? 준수도 돌아왔잖아. 이
제 겨우 다 모여서 행복해 지려는데 조금만 더 놔두자.

딸 엄마…

엄마 왜 지금 멈춰야 하는데?

딸 아님 뭐가 달라지는데?

엄마 이제 우린 완벽하게 행복해질 거야. 준수도 짝을 만나고
너도 짝을 만나고. 그러면 아빠랑 나는 그만 떠나도 돼.

딸 엄마!

엄마 그래도 손주 크는 건 보고 가고 싶네.

아들 같이 있다고 다 행복한 거 아냐. 같이 있어서 끔찍했

잖아!

엄마 헤어져 봤잖아. 행복했어? 아니잖아. 그래서 너도 돌아
온 거잖아. 행복해지려고.

아들 아빠 죽이려고 온 거야!

엄마 그러니까 행복해지려고 온 게 맞지.

아들 근데 나… 무서워, 아직 아빠 곁에도 잘 못 가겠어.

엄마 어릴 때부터 그렇게 맞았으니 그렇지.

딸 근데 엄마는 어떻게…

엄마 사랑하는 우리 딸도 있고 아들도 있었으니까.

딸 그냥 헤어지면 됐잖아.

엄마 그러면 너랑은 진짜 엄마, 딸 아닌 게 되잖아.

딸 (엄마가 측은하다) 엄마…

슈베르트 피아노 3중주 2번이 흐른다.

딸, 엄마를 안는다.

서서히 음악이 커진다.

딸 아빠가 일어나면 어떡하지?

엄마 아냐 분명히 숨이 멎었어.

딸 그래도 무서워.

엄마 저렇게 옆에 죽어 있는 게?

딸 아니. 죽지 않았을까 봐.

엄마 아냐, 이제 더 이상 돌아다니지 못해.

딸 다시 예전처럼 돌아갈까 봐 겁이 나.

엄마 괜찮아. 그런 시간은 이제 오지 않을 거야.

음악이 점점 커지고 조명이 변한다.
규환, 천천히 일어난다.

6. 규환

비발디 사계 여름 1악장이 흐른다.

거실에서 출근준비 중인 규환.

규환이 손을 내밀자 엄마가 넥타이를 건네준다.

넥타이 색깔이 마음에 들지 않는 듯 규환이 고개를 흔든다.

엄마는 이미 예상한 듯 준비한 다른 넥타이를 내민다.

규환은 그 넥타이도 마음에 들지 않는 듯 갸웃거리다가 그냥 맨다.

그리고 다시 손을 내미는 규환.

엄마가 나무막대기를 규환에게 건넨다.

규환이 나무막대기를 들고 창밖을 보며 눈을 지그시 감는다.

엄마가 음악을 튼다.

비발디 사계 여름 2악장이 흐른다.

미소 짓는 규환, 자기 멋에 빠져 테이블 위에 올라가 지휘를 시작한다.

테이블 앞에 앉아 가만히 그 모습을 지켜보는 엄마.

딸이 방에서 나오다가 그 모습을 보고 들어가려는데 규환이 나오라고 손짓.

어쩔 수 없이 거실로 나와 테이블 앞에 앉아 그 모습을 지켜보는 딸과 아들.

규환은 넥타이로 엄마와 딸을 묶는다.

그리고 아들이 지켜보는 가운데 나무막대기로 엄마와 딸을
구타한다.

규환의 동작은 더욱 격동적이다.

아들이 엄마를 보호하려고 감싸다가 등을 맞는다.

규환은 나무막대기를 내려놓고는 규환을 발로 밟는다.

한바탕 구타가 끝난 후 규환은 넥타이를 풀어준다.

딸은 쓰러져 있고, 엄마와 아들은 자리에서 일어나 규환에게
인사한다.

규환은 현관문을 열고 나간다.

엄마는 음악을 켠다.

바흐 G 선상의 아리아가 흐른다.

음악 소리 커지다가 사라진다.

아들　　엄마는 아빠 저러는 거 언제 알았어? 처음부터 알았어?

엄마　　몰랐지. 알았으면 결혼했겠어?

아들　　죽이고 싶지 않아?

엄마　　죽이고 싶어.

아들　　근데 왜 안 해?

엄마　　네 아빠잖아.

아들　　난 죽이고 싶어.

엄마　　안 돼.

아들　　내가 어른이 되면 아빠를 죽일지도 몰라.

엄마　　안 돼.

아들　　원래 역사는 아비가 죽어야 변하는 거래. 죽기 전까진

절대 아무것도 달라지지 않는대.

엄마 가만히 있어도 인간은 죽어.

아들 기다리기만 하라고?

엄마 언젠가 때는 오게 돼 있어.

아들 언젠가… 엄마는 행복했던 적 있어?

엄마 더 나빠질 건 없어. 여기가 지옥이니까. 아비규환이니까. (웃으며) 이제 행복해지기만 할 거야. 기다려 봐.

아들 언제까지?

엄마 아빠가 죽을 때까지.

아들 아빠는 언제 죽어?

엄마 내가 죽기 전에.

아들 아빠가 인간이라면… 정말 인간성이 조금이라도 남아 있다면… 혼자 죽어버렸으면 좋겠어.

엄마 그러면 우리는 행복해질까?

어느 순간부터인가 현관문 앞에 규환이 서 있다.
엄마와 아들의 대화를 모두 듣고 있었던 것처럼 보이는 규환.
베토벤 현악 4중주 14번이 흐른다.
암전.

7. 아비, 규환

비발디의 사계 겨울 1악장 흐른다.

무대 어두운 상태에서 보이는 규환의 사진.

그리고 이어서 보이는 가족사진.

사진을 비추던 조명이 사라지면서 베란다 밖 아파트들 사이로 눈이 내린다.

베란다를 향하고 있는 소파에 누워있는 규환의 시커먼 맨발이 보인다.

어미가 안방에서 나와 소파를 보더니 무심히 주방으로 향한다.

아침 식사 준비를 하는 소리가 들린다.

딸이 방에서 기지개를 켜며 나와 소파를 보더니 무심히 현관문 밖으로 나간다.

신문과 우유를 가지고 들어온 딸은 좌식 테이블 앞에 앉는다.

딸은 리모컨으로 음악을 끈다.

아들과 여친이 방에서 나온다.

그 방에서 삼촌이 뒤이어 나온다.

딸의 방에서 남친이 나온다.

엄마가 식사가 담긴 쟁반을 들고나온다.

딸과 여친이 가서 쟁반을 더 들고나와 테이블에 식사를 차린다.

아들이 소파를 등 뒤로 해서 가운데 앉아 가장의 위치를 차지한다.

엄마	이게 얼마만의 식사야?
삼촌	우리 가족 이렇게 다 모이니까 좋은데요.
아들	가족은 모여 살아야 행복하죠. 안 그래? 누나.
딸	그래, 너 이번에는 꼭 취업해라.
아들	그게 내 맘대로 돼? 취준생 무시하지 마라.
삼촌	걱정하지 마. 특별한 직장 없어도 잘만 살 수 있어.
남친	(여친에게) 넌 저런 거 닮지 말고 공부 열심히 해.
여친	알았어. 아빠.
딸	(규환의 맨발을 보고) 아빠, 생각 없죠? 우리 먼저 먹어요.
엄마	네 아빠가 언제 아침 먹는 거 봤어?
여친	똥배 들어가게 다이어트 하고 좋죠.
남친	연세에 비해 살도 없으시고 좋은데요.
삼촌	잠을 잘 주무셔서 그렇지. 우리 형님은 그저 잠이 최고 라니까.
엄마	아이고 이제 사람 사는 집 같네. 밥 먹자.
딸	커피는?
엄마	밥 먹고. 아버지도 신문 안 보시는데 이제 그만 끊어라.
딸	오빠가 봐요.
여친	예, 우리 아빠는 항상 신문 봐요.
삼촌	임마! 신문에 좋은 일 나오는 거 하나도 없는데 보긴 뭐 하러 봐?
남친	그래도 사람이 수준이 있으려면 신문 정도는 봐줘야지.

딸	삼촌하고 오빠가 같아?
엄마	그래, 우리 집안도 품격 좀 올려야지. 신문 다 봐.
아들	폰으로 다 봐요.
여친	게임만 하던데.
딸	신문 깔아놨으니까 밥 먹으면서 자기 앞에 있는 거 보세요.
엄마	그거 정말 좋은 아이디어다.
여친	언니, 완전 대박이다!
엄마	다들 봤지? 기다리니까 행복은 다 오게 돼 있잖아.

온 가족이 함께 웃는다.
이때 초인종 소리 들린다.
그 소리에 갑자기 다들 표정이 굳어진다.
가족들 모두 현관문을 봤다가 다 함께 객석을 노려본다.
슈베르트 피아노 3중주 2번이 흐른다.
암전.

한국 희곡 명작선 14

아비, 규환

초판 1쇄 인쇄일 　2019년 　1월 16일
초판 1쇄 발행일 　2019년 　1월 25일

지 은 이 　안희철
만 든 이 　이정옥
만 든 곳 　평민사
　　　　　서울시 은평구 수색로 340 [202호]
　　　　　전화: (02) 375-8571(代)
　　　　　팩스: (02) 375-8573
　　　　　http://blog.naver.com/pyung1976
　　　　　이메일 pyung1976@naver.com
등록번호 　제251-2015-000102호
　정 가 　6,000원

※ 이 책은 사단법인 한국극작가협회가 한국문화예술위
　2019년 제2회 극작엑스포 지원금을 받아 출간하였습니다.